奇 思 異 想 之 果

奇異果
文創

溫 柔 革 命 閱 讀

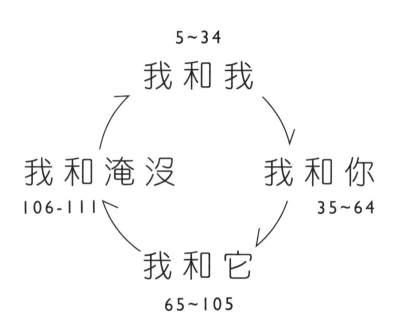

5~34

我 和 我

我 和 淹 沒   我 和 你

106-111   35~64

我 和 它

65~105

特 別 和 你

畫畫的價值

假如你問我為什麼畫畫
我會說
我就像礦工

握著畫筆好比手中的鐵鍬
敲打著生活中的黑暗泥沼
一邊吟唱一邊精緻晦澀的事件

一件又一件
一波又一波
創作成了類宗教式的概念渲染
思想作為一種泥巴的清潔工具

包紮受傷的心靈
綑綁鬆散的精神
凝聚更強壯的意志

你

它 沒

淹

我 和 我

你

它

淹 沒

I

活著這件事，不斷挑戰的是，忍耐的極限

「這會是什麼感覺？」
「又痛又好笑。」
「像是什麼？」
「無意跌倒、卻又真實受傷的烏龜。」
「好笑在哪？」
「好玩。」

就算張開眼晴
也不見得看得懂自己的情況也是有的。

—小貓豫

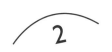

2

「適應」這個行為的
其中一項特徵是：

為自己創造干擾源。

像是安排某種可控制的
不穩定性來穩定
自己的種種不穩定。

3

你 很 快 就 會 不 知 所 措 ， 假 如 對 自 己 懷 疑 。

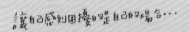

A
little
hesitated

4

沮喪Ａ君與沮喪Ｂ君都是我的內心戲這件事。

5 --------- 於是在於拿捏

不太開心的時候其實也不用太難過，
因為你也不太知道，
你不會知道什麼太好的事正等著你而將要發生。

焦慮=在腦海中超真實地計算虛擬風險。小猪子象

6 ----------------> ［焦慮＝在腦海中超真實地計算虛擬的風險］

請熟記上列保健公式，小猶豫關心您。

（事實上，虛幻計算的必要是不用的對吧？）

不聽使喚的腦袋。

A little hesitated

7

「我的腦袋大概變笨了。」

「你怎麼會這麼說？」

「想要去做的動作，真正執行的時間，拖長了。」

「或者你也可以把這想成：你只是在等待一個最好的時機，
　你和你的身體，一起在等待。」

「你太樂觀了，我是真的變笨了。」

「好吧，都聽你的。」

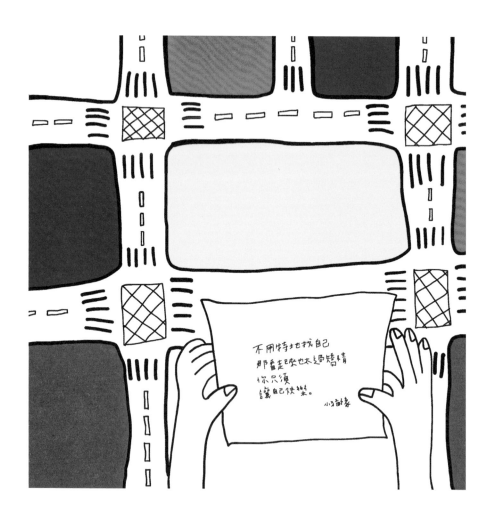

象徵性地失蹤_

不知道是什麼情況下，
就把自己搞丟的這件事也是有的。

9

如果，你問我去哪了？

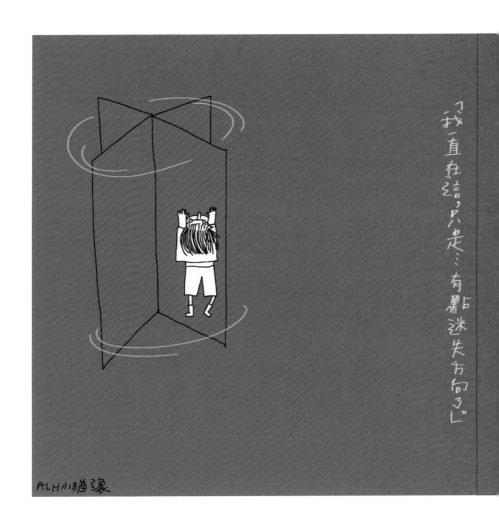

「我一直在造，只是⋯有點迷失方向了。」

ALH小猫缘

「我最近常常覺得看不太清楚。」
「視力方面？」
「不，軀殼裡面。」
「小心，靠得太近總是失真。」

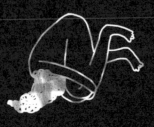

大丈夫、
ここにまもっています。

小猫子家

\ /

數 時 間 _

放 鬆 的 心 靈 依 偎 在 緊 繃 的 身 體
等 著 天 亮
透 過 煙 傳 遞 的 訊 息
不 曉 得 如 何 到 達 的 目 的 地
未 知 的 神 祕 將 我 們 帶 到 這 裡
此 刻 此 地
放 心 現 在 由 我 守 在 這 裡

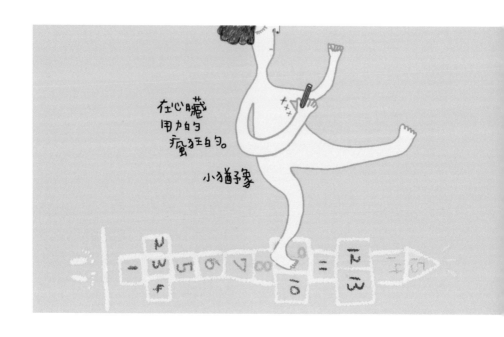

12

把 一 個 人 記 得 。

13

假如我們都只是宇宙間的小塵埃，
那為什麼活著這件事還是那麼的不容易呢？

（猶豫灰塵：活著之類的，變得沉重。）

生きてなんが重うになった。

へ13番子象

14

一有空閒的時候，我找個安靜的空屋發呆，
或站著或坐著，瞬間定格，
然後不知道自己在幹什麼。維持數分鐘。

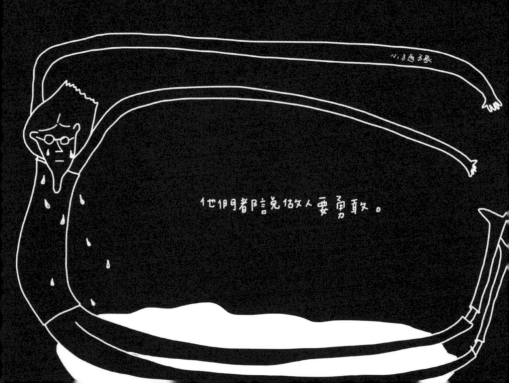

他們都說做人要勇敢。

深夜來點血腥_

「不知道怎麼選的時候最好是能夠把自己撕兩半，
　這樣不管是什麼都可以選到了，對吧！」

「先不管你選了什麼或要怎麼撕，
撕裂本身就痛以外，
你想必還得付出其他什麼沒想過的代價.....對吧。」

（但是，必定很痛對吧）

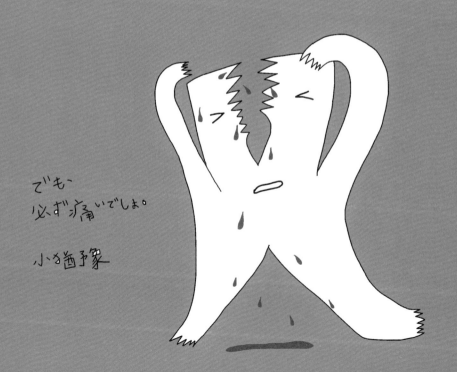

でも、
必ず痛いでしょ。

小3酉予象

前提是：跌到 eat shit 也要硬行！小狗狗

16

衝衝看_

沒有人是天生預備好的，
人是藉由不斷錯過而選擇成為預備好的。

噓。

小猪予象

17

就請不要找到他_

每隔一段時間
他需要一個隱形空間
把全身長滿刺的自己收藏起來
擺在架子上輕撫他對他講話
其實也不一定要躲著
只是
只是他怕誰被他刺到那可就不好了

懂得資源回收
是種美德。

18　有時候想把一部分的記憶拿掉，
　　就像大出大便一樣，消化完就該排出來。

沒

它
淹 我
我 和 你
它
淹 沒
我

小有踌躇象
A little hesitated

feel lonely

19

沒人了解你，應該不代表沒人愛你，
其實有可能是，
不夠能讓人了解的正是自己。

不要害怕失去。抓住它/他/她。

小猫予象

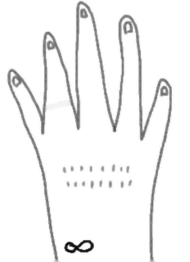

20

去孕育一個希望，
就算破滅了它曾都還是你最寶貝的。

21

因為真的答案不能好好告訴你／妳的關係啊！

22

關於性別取向、字跡風格、說話方式、
　回家路線、飲食習慣、閱讀喜好、
　　冰塊甜度、遲到藉口、生日願望、
　　　分手原因、facebook動態、見面次數......

......我們都是，互為對方的影子。

假如每個人都是拼圖.

23

不想只是希望快點拼到對的那片，
想跟自己保證會樂在其中。

【 **24** 著迷的事很多可是 】
請勿假他人之眼，來迷惑自己。

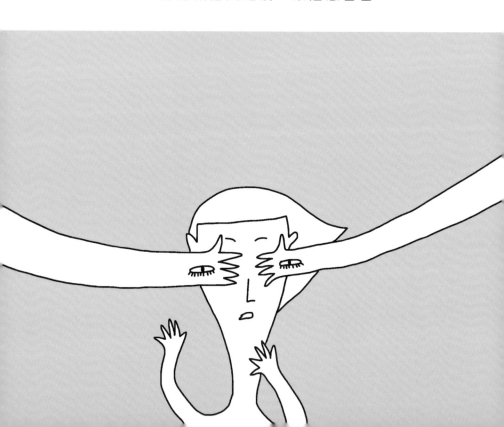

25

假如你懂得和他的互動
是一種相互填滿與傾瀉
，
那也請不要忘了
偶爾也要自己治癒一下自己啊。

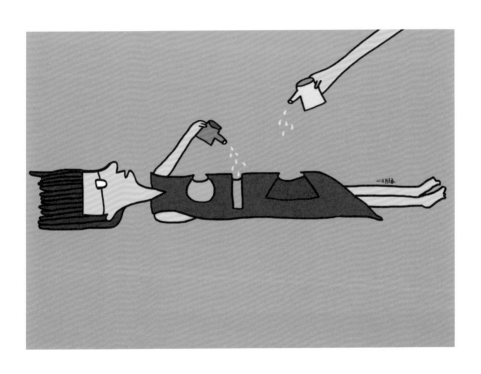

最喜歡聽見是

你的聲音。

26

【一種浪漫】

「好像遇見你之後，我聽的情歌都變了樣。」

「遇見妳之後，我聽的歌裡面，才有情歌。」

(好想) 再見。(到你/妳)

小孩施予象

28

【如果再見】

就像等待一首歌的前奏
聽著音符一個又一個的無奈漂流
坐在岸上一邊細聽一邊計算著何時下手
我像是頭安靜的野獸
安靜而且願意犧牲奉獻刻苦忍受
只為一場轟轟烈烈的浪漫需求
就算可能是種不知盡頭的等候
可能也是可能也是
也是因為害怕驚動了
你一整池的淚流
抑或我滿身的憂愁

HAVE YOU HUGGED YOUR LOVER ?

29

【雖然一切沒有那麼容易可是】

好不容易
我們都在這裡
好不容易
地點或者時間
好不容易
我們都很努力
擁抱吧擁抱吧
我愛你
你也愛我吧

32

【沒什麼好鎮定的，就像沒什麼好堅強的啊親愛的】

「我覺得我不夠鎮定，對不起。」
「沒什麼好鎮定的。」
「我應該表現更完美，但當下完全沒想到事情會變成這樣。」
「你只管安心的過著每分秒，安心的。」
「抱歉，我那時被嚇到了。」
「沒什麼好鎮定的，就像沒什麼好堅強的一樣，
　完全不需要假裝鎮定或是堅強，因為根本沒辦法的話，
　收拾再好的情緒也是會爆發。」
「你需要擁抱嗎？」
「不太想。」

如果你願意
我可以為你
先卸下我的。

小海綿

34

【 給每人心中祕密的他／她 】

「你也太神祕，自我保護網大概有地球半徑那麼長！」
（追）

不是破碎的心 而是更加完整的你/妳。

3 5

我可以說得瘋狂一點嗎
那些錯過、失誤或者來不及
只是讓我們看起來更適合了一點

38

的時候就很想推他 / 她一把。

我 和 它

淹 我 你
淹 我 你
沒
沒

TOO
YOUNG
TO
BE
PAINFUL

40

設計師應該設計一種方便哭泣的衣服給愛哭鬼穿，
像是這種，立馬抽取款。

41

或許，為了前進，
讓自己崩潰是必經的過程，或許吧。

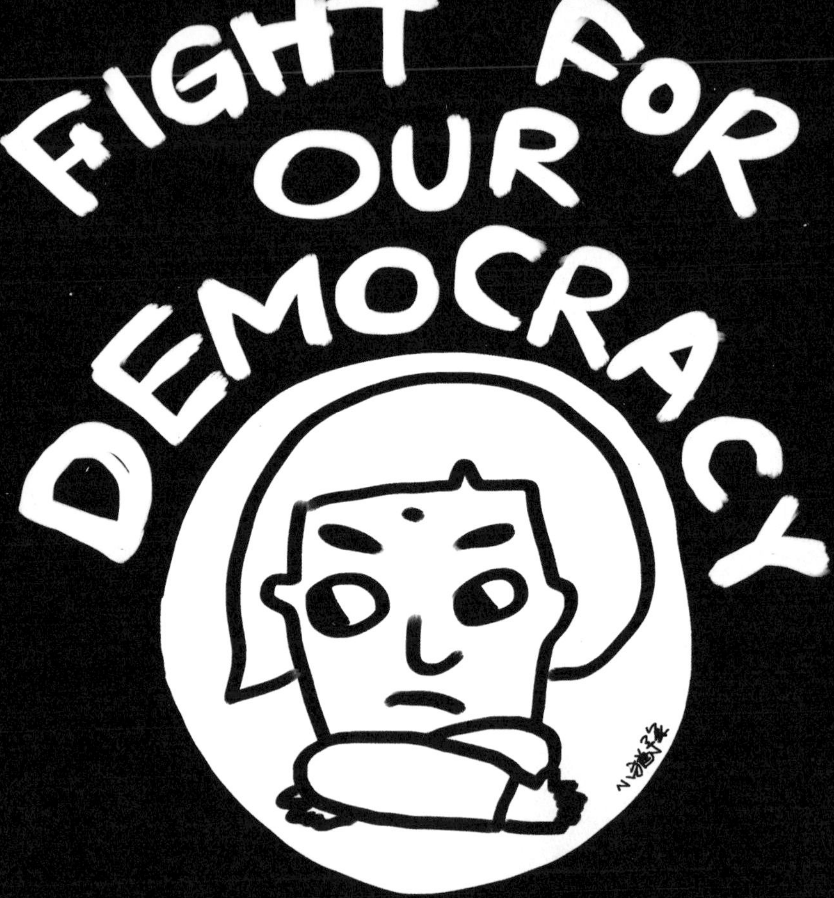
FIGHT FOR
OUR
DEMOCRACY

42

It isn't just a fight.

43

【一種證明】

「你會用什麼方式來讓自己覺得活著？」
「流眼淚。」

你

活著嗎?

什麼都不想做的時候
不要說我偷懶
我只是
想什麼都不做

44

【給我一把手】

　「不做點什麼不行。」的種種焦慮啊，請你消失吧；
單純的休息，不知道是什麼原因，一點也不純粹了，
如果你知道的話，一定要告訴我。

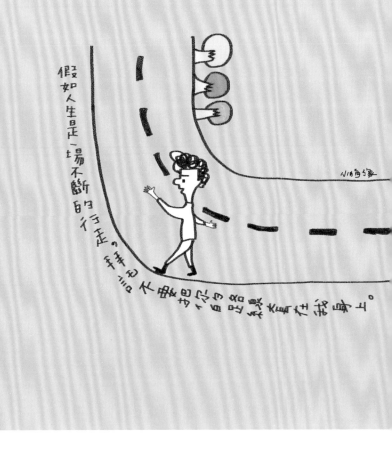

假如人生是一場不斷的行走，我喜歡往回頭看的每一個角落會有不同的意義。

45

「我就是我自己的ＧＰＳ，好嗎？」

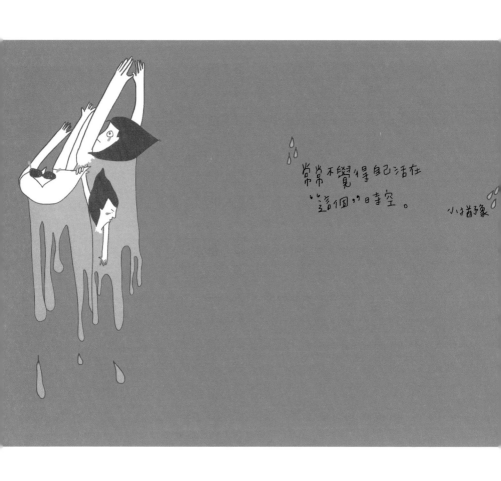

常常不覺得自己活在
"這個"時空。

小猫想象

46

到最後這變成了一種慣性
時不時地被迫抽離現在與過去
來不及的當下需要被適應成為遙不可及的封印

抽搐
抽搐
抽搐
別擔心，過一陣子會好的

47

【 please follow your heart 】

一直沒什麼方向感，
既然這樣，別用腦子導航了，
換心。

心臟予象

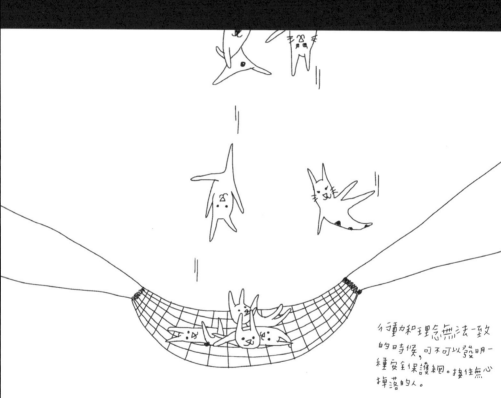

行動和理念無法一致的時候，可不可以發明一種安全保護網。接住無心掉落的人。

小猶豫象

48

【好險好險】

你也不確定是不是該這樣做
你也不想馬上就做些什麼
你只想躲在安全區裝傻裝笨裝蠢
你偶爾也想起好像不該繼續懦弱下去
於是你做了什麼而讓一切有了改變
然後你覺得呢 有變比較好嗎

其實都,長得好好的。

49

勇敢很奇妙。

就算打算再也不勇敢了也會像香菇一樣一直長一直長一直長用你
幾乎忘記它會成長的速度一直長一直長一直長一直長長到你都不
認得自己很勇敢了它還是一直長一直長一直長。

長很多很多。

50

你蓋的，是哪種城堡？

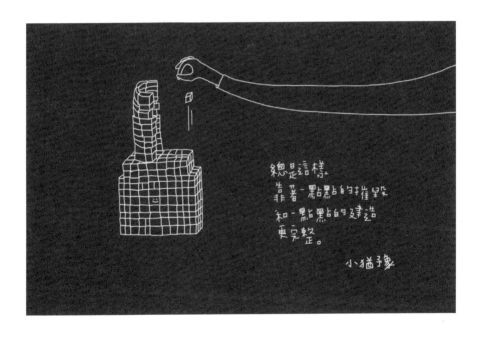

總是這樣
靠著一點點的摧毀
和一點點的建造
更完整。

小貓予象

後悔，

大概是發明人類的時候最偉大的獎懲系統了。

51

F....!

小有猶豫象
A little hesitated

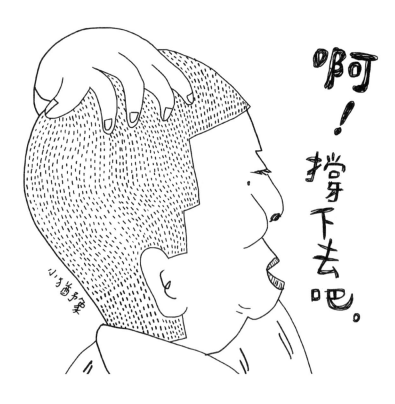

52

【糾結手阿伯有話要說】

挫折的你挫折的我挫折的他挫折的她挫折的牠
是什麼讓你這麼挫折
是你本身嗎
還是讓你本身挫折的本身
還是挫折本身和你本身得到的客觀

53

【消失的時間】

在幾秒鐘前／已讀／13：54／5分鐘前／對方正在輸入...

　　現代人企圖用機器使得時間更精緻而具體的
結果其實是讓時間它啊，變得透明然後不見。

54

不要只顧著選擇嘛
How about taking five?
小酋隊

【沒有一次跳對】

「我覺得好多時候我都不知道自己在瞎忙什麼，如果時間
　可以暫停讓我好好想一下那就好了。」
「嘿，你猜，時間如果可以軸移，你覺得想回到過去的人
　多，還是跌跌撞撞跑向未來的人多呢？」
「我覺得這些都不重要，只是那些時間點真的存在所謂先
　後順序嗎？」
「你看嘛，我跳呀跳的，哪次跳對時間點了？」
「不，我想說的是，準確地跳上時間點之後的你，
　那時的你覺得如何？」

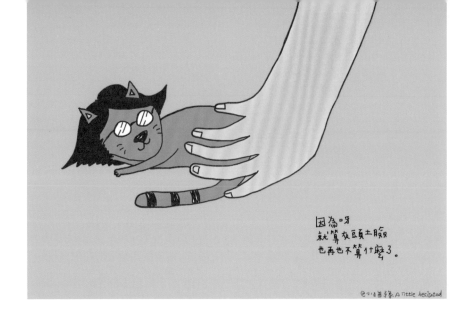

因為呀
就算灰頭土臉
也再也不算什麼了。

@小遊猶豫家 A little hesitated

55

「生日願望是什麼？」
「可以說嗎？」
「會影響實現嗎？」
「你覺得咧？」
「所以是什麼？」
「成為一隻貓。」
「傻眼，為啥？」
「沒什麼，只是，被失望的世界蹂躪過後比起什麼偉大成就
　或遙不可及的夢想，還，比較想被眷養。」
「好吧，希望你不會是流浪貓。」
「或許更好。」

56

【 或 許 遺 憾 】

人生是什麼？也許沒有人可以真正明白，
或覺得這樣死了就好。

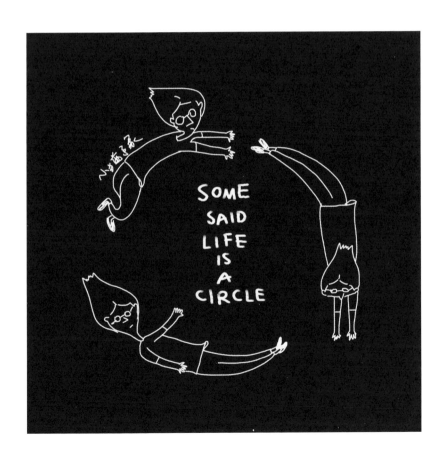

57

【關於軌道這件事】

不是大馬路，也不是過山洞，泛指所有有軌道的交通工具，
那是你，被甩到軌道外的，那也是你。
所以不管是在軌道上或不在軌道上的，都別太擔心，
因為無論是迷失在哪裡，你 / 妳都是，

在 路 上 。

當偏離佳出現
中央定位系統必在
「偶然」中衣史哥用启。

小猫子象

只是此時呵呵
唯有破裂才能
完整自己。—— 小猫子象

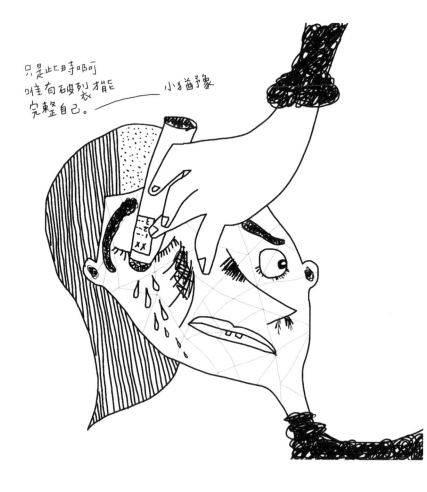

58

【需要一瓶神奇膠水】

「誰人怎麼就不發明一個修補破裂的膠水呢？」
「那是什麼鬼？」
「就是像膠水一樣，不過它更強，
　它可以把破裂的真實或抽象完美的接合起來，
　也就是說不管是物或人，舉凡高樓大廈、御飯糰、
　身體的任一部位、心理、關係、或者是某種狀態。」
「這麼神奇的話，你要拿這瓶膠水做什麼？」
「改變現況。」

「抱歉，
我以為按重新整理
生活將會有一些不一樣。」

60 【時間恐龍】
時間只有被發現的時候
才會過得特別快。

61

要是掙扎也改變不了什麼，不如和憂傷一起飛吧！

62

【是特技嗎】

你／妳怎麼能夠一下子從宇宙消失的？

……。

我一起呿玩嘛。

小猎豹象

我 和 淹 沒

正方形小姐他媽快被淚水淹没

小猶予象

63

假如沒辦法堅持下去，偶爾擺爛一下那也不怎樣。

長方形先生快被鼻涕淹沒

小猫予象

64

好孩子們要注意天氣變化以及人情冷冷又暖暖哦。

屁股先生快被自己屎淹没

小猫子象

65

就算麻煩像屎般接踵而來並把你淹沒，
也要懂得換口氣然後跟它拚了啊！

耳朵先生快被自己溫度淹沒。

小猫予象

66

就算讀不懂你的語言，
還是有種情緒反應是他人立即就可以識破的。

那眼球快被龐大運動量給淹沒

小猪酬象

67

你的眼球，每天被什麼給吸引？

特別和你

你你你你你你

小猶豫 X 法蘭克

我所猶豫的是
該以什麼樣的態度來面對真偽難辨的世界？
越來越不懂這世界是怎麼一回事？

紛爭不斷理還亂
善與邪的界線越揭露越交疊
腦袋刻畫的世界分崩離析
心裡度量的直尺失衡
往前往後向左向右

分辨真假又如何
馬照跑、舞照跳，問世間多美好
星期六、星期天，不用起得早

量尺一旦被具現化
世界啊啊
就有破碎的可能。

為什麼畫畫 /小猶豫

　　為什麼畫畫？沒理由，就是為了快樂啊，畫畫讓我開始認識自己，但是非得說個原因，那麼就是「矛盾」，一切都是從生活中的矛盾開始的。

　　大概人到了一個年紀，會經歷到一些無法理解卻必須忍受的事情，有時候這些事情會顛倒順序、有時候很難去喜歡上這些事情、有時候覺得這些事情幾乎都是麻煩、有時候這些事情變成例行公事，只想快點結束，但大部分的時候，完全沒料想到這些事情，怎麼會發生？

　　為什麼是發生在我身上？

　　這些事情攪亂了原本秩序的生活，
　　而我再也不是原來的我。

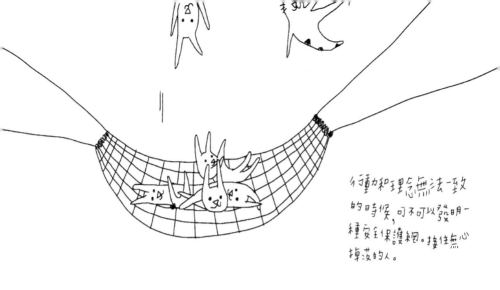

行動和理念無法一致的時候，可不可以發明一種安全保護網。接住無心墜落的人。

　　各種矛盾、難題像是圖釘，把我固定住，有時我絕望地覺得自己再也無法回去了，事實上也是如此，經過了那些事情，無論是時間還是靈魂，誰都無法再回去，雖然看似安份地包容著現在這個陌生的自己，但我卻無法相信一切就要被這些事情無情翻攪，就像是愛麗絲掉入樹洞一樣，墜落的時候，很難分辨或期待方向感，因為，基本上除了快速下墜以外也很難分辨出距離、或是方位。

　　於是畫畫就成為了我在混亂中找到失序的自己的工具。線條或者顏色就是另一種敘說方式，無聲、卻真實存在，它不是在抗議，它只是想把狀態呈現出來，想傳達出活著的種種意識。

　　很多時候，你必須靠自己的力量去克服困難，不是沒有人願意幫助你。

　　只是有些難題，是只有自己才能去打敗的魔王。

小文藝001
每個人都需要一點猶豫

作者（圖／文）：小猶豫
美術設計：鄧柏軒

總編輯：廖之韻
創意總監：劉定綱
行銷企劃：宋琇涵

法律顧問：林傳哲律師／昱昌律師事務所

出版：奇異果文創事業有限公司
地址：台北市大安區羅斯福路三段193號7樓
電話：(02)2368-4068
傳真：(02)2368-5303
網址：http://www.facebook.com/kiwifruitstudio
電子信箱：yun2305@ms61.hinet.net

總經銷：紅螞蟻圖書有限公司
地址：台北市內湖區舊宗路二段121巷19號
電話：(02)27953656
傳真：(02)27954100
網址：http://www.e-redant.com

印刷：永光彩色印刷股份有限公司
地址：新北市中和區建三路9號
電話：(02)22237072

初版：2014年10月16日
ISBN:978-986-91117-0-6
定價：新台幣300元

國家圖書館出版品預行編目（CIP）資料

每個人都需要一點猶豫 ／ 小猶豫圖. 文.
初版. -- 臺北市：奇異果文創, 2014.10
　　面；　公分. --（小文藝；1）
ISBN 978-986-91117-0-6(平裝)

855　　　　103019135

奇思異想之果

奇異果
文創

溫柔革命閱讀